10 Juin 1912 V

VENTE
du Lundi 10 Juin 1912
HOTEL DROUOT, SALLE N° 5
A DEUX HEURES

Pour cause de départ de Mme L*** de S^t=C***

MEUBLES
OBJETS D'ART
TAPISSERIES ANCIENNES

COMMISSAIRE-PRISEUR
Me QUONIAM

EXPERTS
MM. PAULME & B. LASQUIN Fils

CATALOGUE

DES

MEUBLES & SIÈGES

Crédences, Commodes Louis XIV, Bureau, etc.

FAIENCES & PORCELAINES

BRONZES D'ART & D'AMEUBLEMENT

Pendule, Lustres, Appliques, Statuettes, etc.

OBJETS VARIÉS

TAPISSERIES ANCIENNES

Broderies -- Tapis d'Orient

*Dont la vente pour cause de départ de Madame L*** de St-C****

AURA LIEU

HOTEL DROUOT, SALLE N° 5

LE LUNDI 10 JUIN 1912

à deux heures

COMMISSAIRE-PRISEUR	EXPERTS
Mᵉ QUONIAM	**MM. PAULME & B. LASQUIN fils**
11, rue de la Grange-Batelière	10, rue Chauchat | 11, rue de la Grange-Batelière

PARIS

Chez lesquels se distribue le présent Catalogue

EXPOSITION PUBLIQUE

Le Dimanche 9 Juin 1912, Salle N° 5, de 2 h. à 6 h.

CONDITIONS DE LA VENTE

Elle sera faite au comptant.

Les adjudicataires paieront *dix pour cent* en sus des enchères.

L'exposition mettant le public à même de se rendre compte de l'état et de la nature des objets, il ne sera admis aucune réclamation une fois l'adjudication prononcée.

Paris. — Imp. de l'Art, Ch. Berger, 41, rue de la Victoire.

DÉSIGNATION

FAÏENCES, PORCELAINES

1 — Deux cache-pots en ancienne faïence de Nevers, décor de paysages en bleu.

2 — Pot de pharmacie en ancienne faïence italienne, décor d'arabesques et d'un médaillon, avec figure de saint personnage.

3 — Statuette de personnages assis, en grès flammé chinois.

4 — Paire de potiches en porcelaine du Japon, décor en bleu, rouge et or. Elles sont munies chacune d'une monture en bronze finement ciselé et doré, formant candélabre, comprenant : une base, deux anses et un bouquet de six branches porte-lumière. Style Louis XV.

5 — Petite garniture en porcelaine du Japon, comprenant une potiche couverte et deux cornets à pans, décor en couleurs.

6 — Lampe, faite d'une bouteille, en porcelaine
bleu uni ; monture en bronze. Style chinois.
Maison Barbedienne.

7 — Coupe ovale, à bord festonné, en faïence de
l'École de Bernard Palissy, représentant,
dans le fond, une figure de femme allégorique, assise dans le parc d'un château.

8 — Coupe godronnée en ancienne faïence de
Deruta, à reflets, décors d'arabesques.

9 — Petite coupe en ancienne faïence italienne,
décorée d'un sujet en couleurs : Vénus et
amour.

10 — Deux bouteilles en porcelaine de Chine,
décor bleu.

11 — Lampe, faite d'une petite potiche, en
ancienne porcelaine de chine, décor en émaux
de couleurs ; monture en bronze.

OBJETS VARIÉS

12 — Deux enluminures de manuscrit, représentant des évangélistes. xvie siècle. Cadres anciens en bois guilloché.

13 — Petit mortier en bronze, du xvie siècle, décor de cariatides et médaillons.

14 — Paire d'éperons Louis XIII en fer.

15 — Deux grands plateaux en cuivre gravé. Ancien travail oriental.

16 — Etui à cire en pomponne. Époque Louis XVI.

17 — Agrafe de ceinture en cuivre, ornée ·d'une miniature ovale : Déesse et Mercure dans un paysage. xviiie siècle.

18 — Miniature ronde : Bergère tressant une couronne de roses. xviiie siècle.

19 — Miniature ronde : Portrait d'un Dessinateur. xviiie siècle.

20 — Dessus de boîte rectangulaire, fixé sous verre : Sujet militaire. Commencement du xixe siècle.

21 — Salière, faite d'une boîte, en ancienne porcelaine de Saxe, décor de sujet à personnages en couleurs. Monture en argent doré.

22 — Eventail, à monture de nacre ajourée et gravée. Feuille peinte à la gouache, offrant un sujet mythologique. xviiie siècle.

23 — Deux pieds de flambeaux en cuivre gravé. Travail oriental.

24 — Jardinière carrée, faite de plaque en émail cloisonné; monture en bronze, de style oriental.

25 — Pied-support carré en bois sculpté ajouré. Dessus de marbre. Style chinois.

26 — Vase en émail cloisonné, décor de fleurs en couleurs, sur fond rouge.

27 — Statuette d'enfant assis en terre cuite, par ITASSE.

28 — Volume : L'Abbé Constantin, illustr. de Madeleine Lemaire, avec autographe de Ludovic Halévy. Exemplaire sur Japon.

29 — Petite cafetière en argent repoussé et ciselé. XVIIIᵉ siècle.

30 — Petite verseuse en argent. Époque Empire.

BRONZES D'ART
ET D'AMEUBLEMENT

31 — Pendule dite religieuse en marqueterie
d'étain sur écaille, décor colonnettes, dôme,
petits balustres, vases, bas-reliefs du temps,
portant la marque *P. Margotin. A. Paris.*
XVIIᵉ siècle.

32 — Paire de landiers Louis XIII en fer, avec
boules en cuivre, accompagnés de pelle, pin-
cettes et tisonnier.

33 — Petit lustre en bronze, à douze lumières.
Style Louis XV.

34 — Paire d'appliques en bronze, à cinq lumières. Style Louis XV.

35 — Autre paire d'appliques en bronze, à cinq
lumières. Style Louis XV.

36 — Lampe de parquet en bronze patiné. Travail Japonais.

37 — Lustre en cuivre ancien, à quatorze lumières.

38 — Lustre, modèle semblable au précédent.

39 — Deux paires d'appliques en cuivre, à sept lumières, accompagnant les lustres précédents.

40 — Statuette en bronze, représentant Clotilde de Surville. *Edition Barbedienne.* Socle en marbre griotte.

41 — Statuette de Vénus Callipyge en bronze italien.

42 — Paire de petits flambeaux en bronze et émail cloisonné. *Maison Barbedienne.*

MEUBLES, SIÈGES

43 — Fauteuil à haut dossier en bois mouluré,
Epoque Louis XIII. Garni de velours vert.

44 — Autre fauteuil Louis XIII en bois tourné,
à colonnettes et accotoirs-balustres, couvert
en panne verte.

45 — Fauteuil à dossier en bois mouluré; ac-
cotoirs à volutes. Epoque Louis XIII. Garni
de panne verte.

46 — Chaise Louis XIII, à haut dossier en bois.
Garniture de panne verte.

47 — Deux chaises-escabeaux en bois sculpté,
ornées de petits panneaux marquetés. xvii^e
siècle.

48 — Fauteuil en bois mouluré. Epoque
Louis XV. Garni de velours vert.

49 — Fauteuil en bois mouluré et sculpté, décor de fleurettes. Epoque Louis XV. Garni
de velours vert.

50 — Six fauteuils en bois mouluré et sculpté, ciré. Époque Louis XV. Garniture en velours rouge.

51 — Fauteuil canné, de forme mouvementée, en bois mouluré et sculpté, décor de fleurettes. Epoque Louis XV.

52 — Petit meuble, à deux corps, en bois sculpté, ouvrant à la partie inférieure à porte pleine, à la partie supérieure à porte vitrée. Décor de frises, figure de femme allégorique, chutes et mascarons. En partie du xvie siècle.

53 — Meuble-crédence à deux corps, à étagère et dossier, en bois sculpté, décor d'arabesques et rinceaux. Il ouvre à portes et tiroirs. Style Renaissance.

54 — Bibliothèque en bois sculpté, ouvrant à deux portes vitrées. Style Renaissance.

55 — Bureau plat en bois noir et marqueterie de cuivre sur écaille. Richement orné de bronzes dorés. Dessus en basane. Style Louis XIV.

56 — Commode, de forme mouvementée, en
bois de placage, munie de cinq tiroirs, orne-
mentation de bronzes dorés. Dessus de
marbre. Époque Régence.

57 — Prie-Dieu en bois sculpté. XVIIe siècle.

58 — Meuble, à deux corps, en bois mouluré et
sculpté, ouvrant à portes et tiroirs. XVIe siècle.

59 — Commode, à trois tiroirs, en marqueterie.
Dessus de marbre. Époque Louis XV. Orne-
mentation en cuivre.

60 — Petite bibliothèque en noyer sculpté, à
fronton orné d'une coquille. Elle ouvre à
deux portes vitrées. Style Louis XV.

61 — Table à jeu en bois noir incrusté de filets
de cuivre et ornée de bronzes. Style
Louis XV.

62 — Petite table ovale en acajou, ouvrant à un
tiroir et munie d'une tablette d'entrejambes.
Garniture de bronze. Dessus de marbre
encastré. Style Louis XVI.

63 — Meuble d'entre-deux en bois noir, marqueterie de cuivre et écaille rouge, orné d'un médaillon, bas-relief en bronze : Offrande à l'amour. Dessus de marbre blanc.

64 — Meuble d'entre-deux à hauteur d'appui en bois noir et marqueterie de cuivre. Il ouvre à une porte. Dessus de marbre blanc.

65 — Petit guéridon en bois sculpté.

66 — Table à thé, à plateau à crémaillère, en noyer.

TAPISSERIES
TAPIS D'ORIENT
BRODERIES

67 — Tapisserie-verdure, rectangulaire, d'Aubusson, du xviiie siècle, présentant un parc accidenté, avec cours d'eau et oiseaux. Encadrements de bordure à décor de rinceaux.

Haut., 2 m. 60 cent.; larg., 2 m. 25 cent. environ.

68 — Tapisserie-verdure d'Aubusson, du xviiie siècle, présentant un paysage montagneux, avec cours d'eau et oiseau. Encadrement de bordure à rinceaux.

Haut., 2 m. 80 cent.; larg., 1 m. 80 cent. environ.

69 — Tapisserie-verdure d'Aubusson, rectangulaire, du xviiie siècle, offrant un paysage avec volatiles, écureuil, fonds de collines. Encadrement de bordures.

Haut., 2 mr 90 cent.; larg., 2 mètres environ.

70 — Tapisserie-verdure d'Aubusson, du xviiie siècle, offrant un paysage boisé. Encadrement de bordure, chutes de fruits, fleurs, feuillages.

Haut., 2 m. 85 cent.; larg.; 2 m. 45 cent. environ.

71 — Panneau en ancienne tapisserie d'Aubusson, du xviie siècle, offrant un sujet mythologique à grand personnages.

Haut., 2 m. 65 cent.; larg., 1 m. 75 cent.

72 — Bandeau en ancienne tapisserie d'Aubusson, du xviiie siècle : fleurs, feuillages, nœud de rubans.

73 — Pente, en broderie et application sur velours rouge, décors arabesques et médaillons. xvie siècle.

74 — Deux petits panneaux en ancien velours de Scutari, décor de fleurs et feuillages, sur fond jaune.

75 — Bandeau en velours vert ciselé, décor de ramages, de fleurs et feuillages, sur fond tissé de métal.

76. — Carpette d'Orient ancienne, décor d'écoin-
çons et d'une rosace centrale, fond blanc, se
détachant sur fond jaune.

Long., 3 m. 55 cent.; larg., 1 m. 83 cent.

77 — Carpette d'Orient, décor de rosaces, au
centre de carrelages fond jaune. Bordure fond
blanc.

Long., 1 m. 35 cent.; larg. 1 m. 17 cent.

78 — Carpette d'Orient, décor mosaïques, sur
fond blanc, bordure rouge.

Long., 1 m. 95 cent., larg. 95 cent.

79 — Carpette d'Orient, décor carrelage, fond
jaune. Bordure fond blanc et bleu.

Long., 2 m. 05 cent., larg. 90 cent.

80 — Petite carpette d'Orient, décor de deux
motifs ; au centre, sur fond rouge et d'une
bordure blanche.

Long., 1 m. 60 cent.; larg., 92 cent.

81 — Objets omis.